U0096643

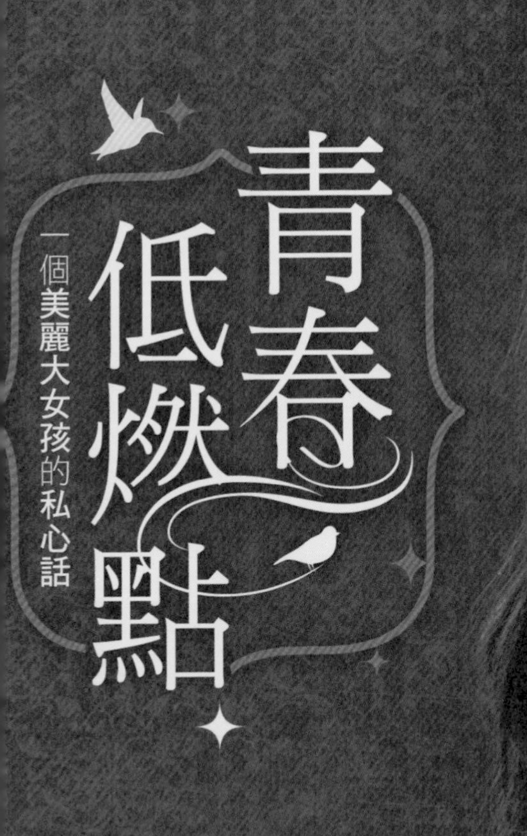

青春低燃點

一個美麗大女孩的私心話

她是個鋼琴老師、熱情的舞者，
也是個敏感的文字創作者，這是她的世界，
一個如同夏卡爾的畫作般充滿著豐富色調的世界，
開朗、愉悅卻又奇異的能撫慰人心。

許雅萍（YY）著

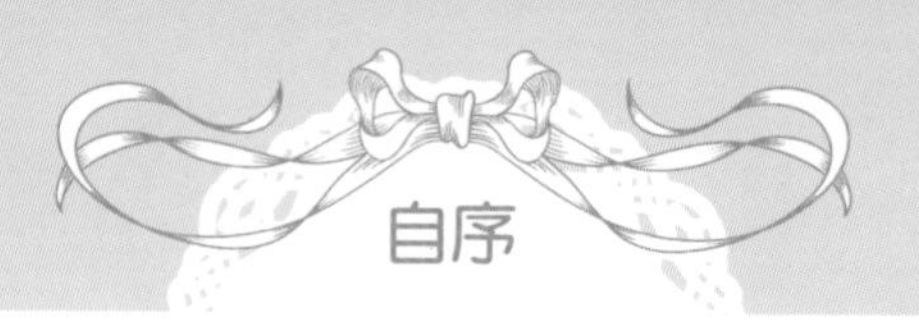

自序

我叫ㄚㄚ！
我喜歡仔細的觀看自己。

看別人很容易，但看自己是最難的。
我對人生的態度就是，跳脫心裡的框框來看世界。
一直在自己的框框內久了，心靈也會不自覺得被綁住。

彈琴，我喜歡任何的速度——
快板，有種奔馳的快感；
行板，有如屋頂上悠閒的小貓咪；
慢板，是釋放感情的最佳速度。
但我的人生，喜歡慢板。
慢，可以讓我用放大鏡來仔細觀察這個世界。

眞理不會只有對或錯，黑與白之間就有十八個顏色。
ㄚㄚ喜歡探索這不同的色彩。
用攝影學的角度來說：
ㄚㄚ喜歡用廣角鏡的鏡頭來看這個世界。

有時事實不見得有趣，有趣的是看事實的觀點。
把每件東西放在適當的位置，是一種智慧，
當挫折來臨時，我會跟自己說：
「離砲火越近，人生才會更精彩。」

我就是永不氣餒的ㄚㄚ^^

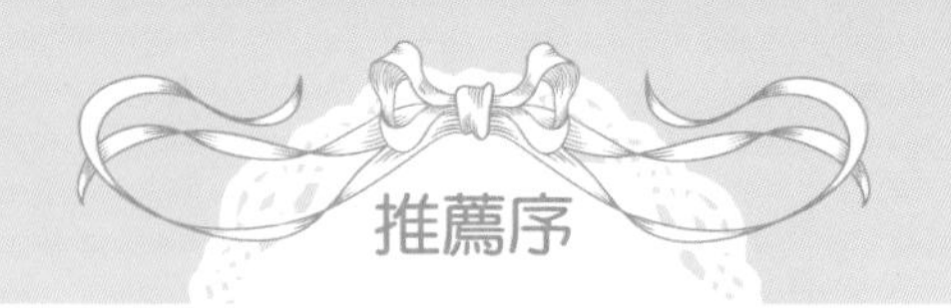

美食專家 **胡天蘭**

認識ㄚㄚ不難，只要你用心細看她部落格裡的每篇文章，誠如她對自己的描繪，她喜歡生活的調性有如鋼琴中的慢板，那種可以讓感情全然釋放的速度。

纖纖玉手總是觸控著節拍，不僅讓別人聆聽自己，她也隨時傾聽著自己心靈內在的聲音，心弦有沒有調得太鬆還是太緊？ㄚㄚ的網路世界總能回應不斷，正因她忠於自己、坦於對人。

「沒有人可以影響自己的磁場，只有自己；沒有人可讓自己陷入膠著，還是只有自己；當自己覺得被對方影響了，其實是自己想要影響對方。」我好喜歡她文章裡的這句話，抽離，其實不似想像中那麼困難。

撥弄琴鍵的手，同時也是寫作的手，把人生歷練與心得，從網路世界的一點一滴，體現至油墨揮灑的字字頁頁，ㄚㄚ猶如水中仙般，終於從她的潛藏世界浮出水面，更具體的走向喜歡她的人們。

感受ㄚㄚ的知性，聆聽她的音樂外，不如捧讀她的小品，那也是一種聆聽，建立在僅有你跟她的心河間。

謝袖芸 董事長

雅萍

我們的相遇美在動人的演奏名曲，在她崇高的理想中一步一腳印的向上爬昇，她從中培養了善良敏感的性格，她與人爲善，宅心仁厚是一位人際關係的高手。

爲了完成這本新書撰寫過程不斷的自我改造&自我提升。

敬祝～新書發表成功

謝袖芸

- CIB細胞美容中心創辦人
- 純萃美麗生活主義創辦人
- 富麗佳人企業集團董事長

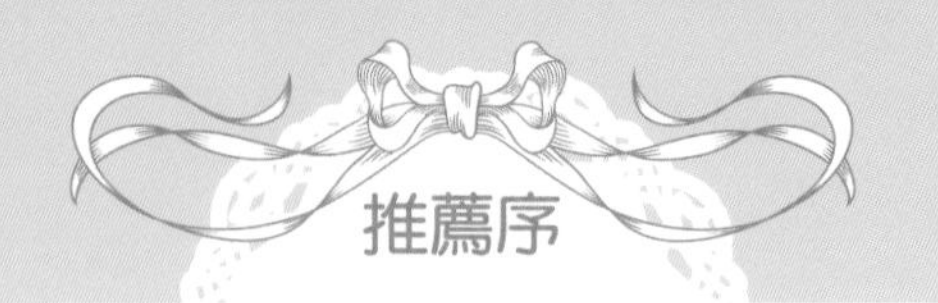

作家 **蔡頭伯**

記得今年初在高雄中正文化中心至善廳觀賞過ㄚㄚ的鋼琴演出，看她那雙手在鋼琴上不停來回滑動，有如職業般音樂大師的出色演出，眞是令人讚嘆。

ㄚㄚ不但鋼琴彈的好，平常在雅虎部落格用眞情所寫的詩與散文也是令人激賞，如今欣聞ㄚㄚ要出書了，這眞是令人高興的一件大事，這也是除了在樂壇外，更是文壇的另一喜訊，很値得推薦。

蔡頭伯

2010年首次出版第一本書《童年往事》，隔年入選了國立台灣文學館的好書推廣專案，感覺真是受寵若驚，這種年紀能夠出書已屬不易，卻還能受此意想不到的榮幸，喜悅之餘，仍帶有些鼓舞，因此又提筆把在部落格未寫完的社區故事完搞，重新刪改校正，集結成冊，預計在年底前出版第二本書——《社區故事》，希望各位能夠繼續支持。

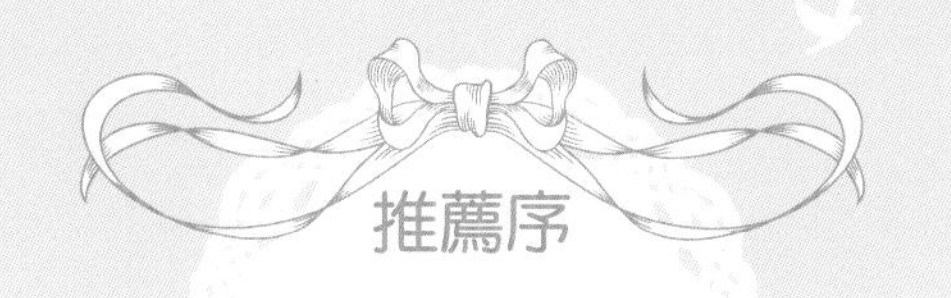

藝文創作者 **老查居士**

部落格開啓了生命的樂章，也開啓了文藝創作的交流，更因文字藝術的創作，而結識來自各地的友人，也因此認識了才華洋溢的丫丫。

剛認識丫丫，是因爲我們同是音樂的愛好者，她彈得一手好鋼琴，琴藝超群，人又長的氣質出眾，博得許多格友的認同。時間一久，更了解她，除了是鋼琴演奏家，創作型才女之外，並寫得一手好文章，舉凡詩詞、散文、小品，順手拈來，篇篇皆是上上之作，令人稱敬不已。

多才多藝的她，有著強烈的學習態度與創新的勇氣。同時，也在現代舞的表現更是卓越超群。欣聞友人即將出書，特來恭喜道賀，洛陽紙貴，新書長紅。

老查居士

資深文藝部落客及創作者，著有《在每次的深夜裡》、《我就這樣過了一生嗎》、《鏡煙湖》、《明月依然在心底》等四本書。

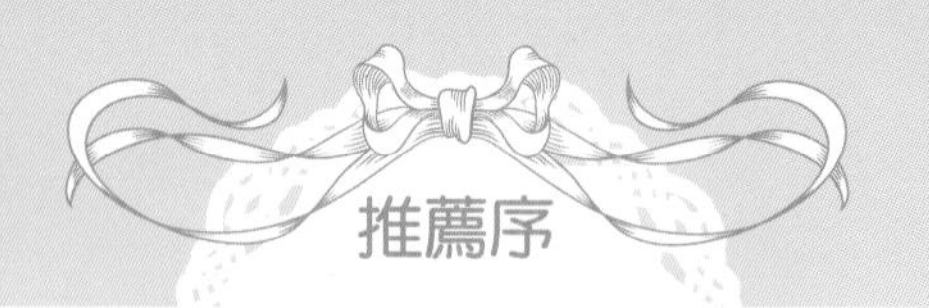

國樂專家 陳宛榆

人生的旅途中，不是每個人都能一帆風順，始終相信命運能由自己掌握或改變，儘管遇到低潮期，憑藉著正確的信念終能從中獲得成長與蛻變。此觀點從雅萍老師的身上，再次得到了驗證。

與雅萍老師的認識緣自於高中音樂班時期，一路走來經過了好幾個年頭，她的自我要求與堅持，一直是我所敬佩也是需要學習的地方，很開心在求知的路途上能遇見了這位亦師亦友的老師。

如今，她即將跨足不同於以往的領域，身爲學生的我，衷心的祝福並熱烈地期待著此本書爲我們所帶來的驚喜！

■ 國樂學會器樂檢定暨大賽部門執行祕書

世紀舞苑 **鄭竹男**

雅萍是個很特別的大女生，第一次看她踏進教室的那一刻就能很明顯感受到她自然散發出的熱情，不做作不扭捏，樂於與人分享正面積極的事與物，同學們更被她活潑興奮的態度感染使學習的氛圍更加的愉悅與融洽。原先對是鋼琴老師的她直覺想法應該是文靜婉約，但她卻有著很跳tone的表達方式，顛覆了一般人對鋼琴老師的印象，也將水瓶座的特質發揮到極緻！原本以爲她可能只是誤打誤撞趕流行的走入國標舞的世界，後來看她愈來愈認眞的投入，甚至創新地想結合她原本就超群的琴藝一起在舞台上表演碰撞出不同的火花，讓觀眾有意想不到的新奇感觸。尤其在其專業技能之餘又能寫新詩、散文、札記實屬難能可貴！在此，也誠摯的希望透過她的文章能啓動讀者內心深處的感動，更能激發出充滿驚奇豐富的人生！

鄭竹男師生表演摩登舞。

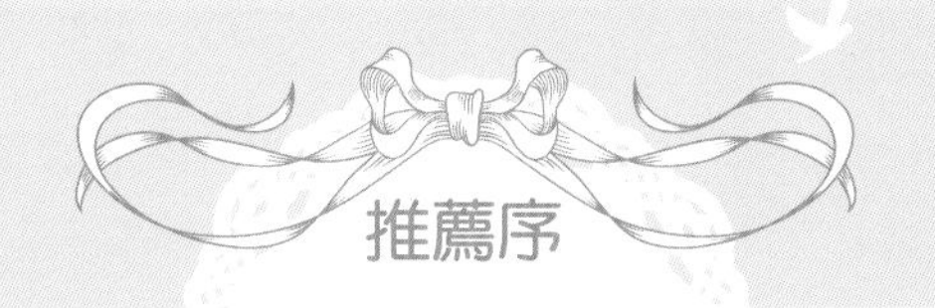

世紀舞苑 **邱貴榮／莊子慧**

初次在舞苑與雅萍見面，第一印象感覺到她活力十足，人也很健談，話匣子一打開就停不下來，上課也很踴躍跟老師們互動，可能是她自己也身為老師，很清楚有良好的互動才有良好的學習環境與學習效果，每堂課她總是最活躍的那位，練習也最認眞，而且在她身上似乎看不到疲勞，不管是上什麼舞科，她總是很有活力，只要有她參加的團體課，一定是既熱鬧又笑聲不斷，是舞苑的開心果。

雖然雅萍才剛加入世紀舞苑的大家庭不久，卻是少數以一個初學者的姿態能很快進入狀況的學生，由於國標舞並不容易學，初學者很容易上沒幾堂課就打退堂鼓，雅萍卻是一堂接著一堂課，越上越起勁，也越來越有模有樣，而且雅萍也很樂於跟同學分享學習心得，並互相激勵，眞的很不簡單。

萬丈高樓平地起，我想同樣身爲老師的雅萍很清楚這點，練習總是特別用心，對自己的要求也很高，相信這也反映在她對音樂藝術堅持，努力不懈，精益求精，在此祝福雅萍：健康順心，活動成功！

邱貴榮／莊子慧

- 2004－2011全國公開賽業餘組拉丁舞冠軍
- 高雄市世紀舞苑教師

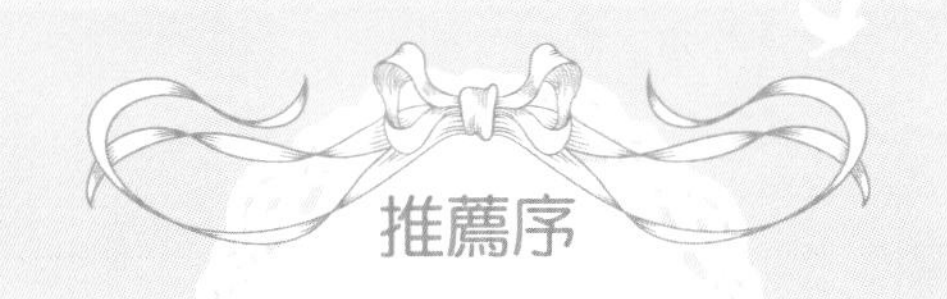

台北音樂家書坊 **王子芝**

每次跟雅萍談話時，我都會跟她說：到高雄一定要找妳
爲何我會這樣說呢？
一、我們從未看過彼此。
二、我們卻有相同的人生觀。
她給自己許下許多的願望，
我相信她會做到的，
因爲她有一股讓我無法形容的堅持與毅力。
知道雅萍要出書眞的替她好開心，
誠摯的祝福雅萍一切順心，
也相信大家都會跟我一樣喜愛她。

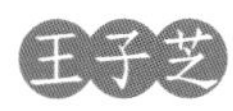

■ 台北音樂家書房

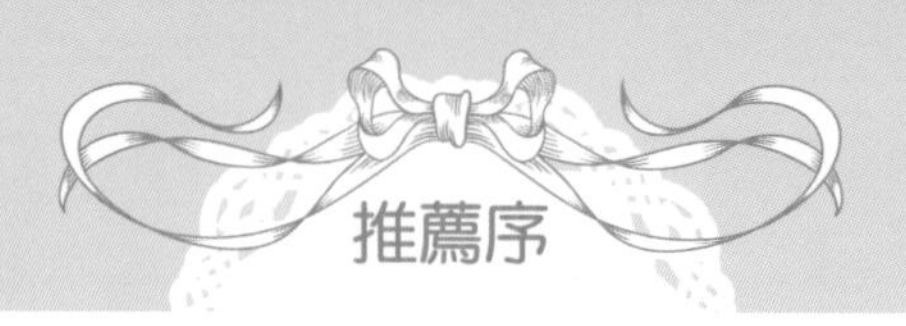

推薦序

演員藝術家 **撒布落．瑟令**

「超越自己，肯定自我」，夜裡跳動的音符。

白晝舞動的精靈～自生命的起點，經歷千辛萬苦的轉折，也不願放棄靈命的注定，追尋生命中最閃亮的心跳！好學不倦，堅持活出自我，只爲了一個簡單的七彩～～一個忘不了特殊的好友，一個努力展現生命價值的女人……雅萍，妳行的！

撒布落．瑟令

- 彩軒多元藝文寒舍總監
- 八大電視主題演員
- 原民台兒童節目主持人
- 電影《賽德克．巴萊》主要演員～總頭目瓦歷斯．布尼（抗日教父）

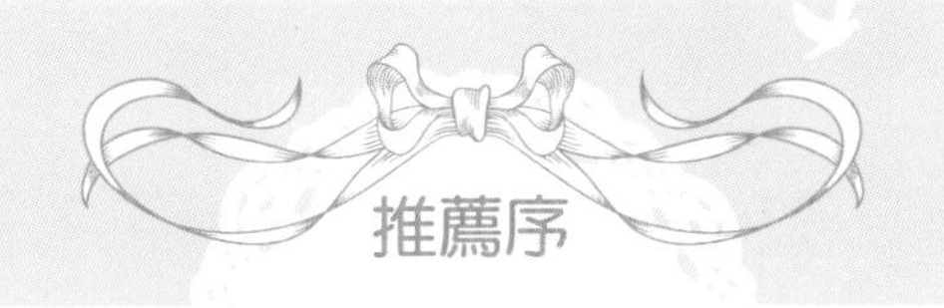

好朋友 用力推薦

給親愛的雅萍
相信美麗的女人
文字也是美的
親愛的終於等到妳出書了！

——前旭泰安養中心負責人吳佩霖

雅萍的人生像美麗彩虹
陣雨後陽光乍現
天空的另一端搭起希望的橋
生命是先有淚濕衣襟的悲苦
才現豁達的歡顏

——醫生范樂群

和雅萍相處，在她身上感受到十分豐富的藝術涵養，一種清新、自然、無拘束的舒服感。
細細品味這本書，相信您也一定能感受到雅萍那獨特的氣質。

——艾菲舞蹈・創意總監莊安琪

很替雅萍開心，終於有出版社爲妳出書。
雅萍的文字常常打進我的心坎裡，
就算只有短短幾句話。
這本是妳的第一本書，但我相信會有第二本的！
祝妳往後的路能順利，也能順心。

——your friend Bess

piano
love
life
beauty
spirit

contents
目錄

黑白琴鍵的三歲期待

丫丫小時候的住家後面是學校，學校有小樂隊，大哥哥大姊姊他們負責升旗時，演奏國歌。
頒獎時，演奏頒獎歌曲，放學前，當然還有降旗歌。
當時我才三歲，常常一個人早上讀完幼稚園就到學校玩，這是一間很鄉下的小學，校長、訓導主任、老師都認識我，所以很安全。
有一次看到一位大哥哥在練習手風琴，我問哥哥可以借我玩嗎？哥哥說：「妳還太小不能玩。」
我跟哥哥說：「等我長大要教我喔！」哥哥當然眞的答應我，丫丫從此對黑與白兩個鍵盤充滿期待。

超男生的女孩

丫丫小時候完全像個男孩子。
記得媽媽說過，不是不買裙子給妳穿，而是妳太像小男生了。
媽媽常說她把我生錯，因爲我眞的超像男生的。
我個性好動，小學教室黑板上常有我的名字，例如：「愛講話」、「不午睡」，光是這兩項就是班上的冠軍了。
我的爸媽常常被老師叫到班上去，因爲我管不聽。
爲何意見多、話也多？我是眞的覺得很多事不合理啊。
之後還是班上的男同學勸我不要常跟老師頂嘴，之後丫丫改變策略，就是模仿老師上課的手勢及習慣動作跟傳紙條，紙條裡說些我自認爲不合理的事。所以老師寫黑板時，常常背後都會傳來一陣笑聲。
我當過副班長之後換成總務股長，再來就是衛生股長，然後呢？被貶到邊疆外了，因爲從當副班長到衛生股長，這過程服裝儀容幾乎都不合格，缺點一支是常有的事。
我的好朋友幾乎都是男生，我又愛運動、田徑、排球、跳遠、扯鈴……，剛好五、六年級被編入體育班，我樂翻了。

高中五年級

愛動、能吃、能睡，所以我長得比一般同學高很多。
但我心裡一直有個祕密……
「我眞的好想學琴……」當我把祕密說出來，全家人都笑翻了。
「妳怎麼可能坐得住？」這是大家共同的疑問。
到了高中，爸爸實在被我鬧得快瘋了，只好答應讓我學琴。
當然，沒有任何人把這當一回事。
出乎家人預料，我每天都會去學琴教室練習。當時家裡還沒買鋼琴，只好買練琴卡到教室練習，就這樣練了兩年，在我升高三那年，我跟爸爸說：「我要考音樂班。」
這時爸爸已感受到我的執著，就替我買了一台琴放在家裡讓我練習。爸爸說：「學費很貴，但我都幫妳準備好了。」
我很感動。
我如願考取音樂班，在家裡看到成績單時，因爲太緊張，我開心到哭。
我從高一重新讀音樂班（樂育高中），因此高中讀了五年，剛好跟弟弟一起畢業。

Café
05

再苦也不能借錢

ㄚㄚ在大一時就開始教琴，因爲我喜愛這份工作。
但下學期時，家裡發生變故，ㄚㄚ沒有家了，唯一的生存方式就是上更多的學生。早上上課到下午，連吃晚飯的時間都沒有就要去教琴，有時下課都已經晚上十點多了。
記得有一次要去教琴時，騎機車是邊騎邊哭的，我眞的好累好累……
沒辦法我一定要撐過，更告訴自己不能跟任何人借錢。
每個月賺來的錢除了生活費、房租，其餘的都要存起來，因爲大學音樂系的學費是驚人的，每當開學繳完學費時，我都會有好大的失落感，但最後我終於撐過來了。
這些過往故事讀起來有所感觸，但當時我連苦都不敢說。
我跟自己說：「妳沒資格說苦，最重要的是面對眼前的挑戰。」當時若喊苦，一切都消失了。
人生每個階段都有自己要面對的難題，重要的是看自己用什麼樣的心態去面對。
苦之後是甘，甘之後是甜。

一定要從小學琴

我剛開始教鋼琴時，每當人家問我是否從很小就開始學琴，我都說：「是。」因爲當時普遍的觀念是：從小就要開始學琴的才是好老師。

我跟自己說，有一天我成功了，我一定要跟所有人說：「我是高一才開始學琴！」

無論學什麼，只要你肯吃苦，沒有辦不到的事。

我原本想將這些話留到下一場音樂會再說出來，因爲出書，我就先講了。

喜歡我的說法嗎？丫丫希望很多人都跟我一樣，只要有夢想就去追，不要在乎年齡。重點是要常保有一顆年輕的心。

回到音樂的原點

自從大一教琴至今，不自覺已經快20年了，看學生的成長，猶如自己的孩子。有的從幼稚園跟我學習，明年都要升大學了，還有些大學音樂系畢業後還來跟我上課，之後看著他們結婚、生子，連我自己都感到神奇。

大學畢業後我仍然一直在進修，沒停止上課、練琴、開音樂會。我給自己一個夢想：我一定要過濁水溪以北。（好笑吧！）

近來在一次機緣下遇見我現在的老師，我稱她為「飛翔的鴿子」。為何呢？因為老師陪我渡過低潮期，更可貴的是，老師教我讓自己的心飛翔、如何做自己想做的事。

我們一起分享書、分享文章，但最棒的是……老師讓我學會「如何讓音樂回到原點」。

要當一位好的鋼琴家，必需要真正了解音樂的原點。

為何巴哈會被稱為「音樂之父」，莫札特被稱為「神童」，每年世界各地都會有音樂家來紀念他們，「回到原點」讓我想起一本叫《零極限》的書，書中說：每一個高峰後，一定會回到零。但也是因為有零才有極限，不是嗎？

不害怕，就喜歡

當鋼琴評審時，出發前我跟自己說：一定要微笑地看著每個進來的孩子。

因爲我也當過考生，在等待考試的過程嚇都嚇死了，看到評審的臉有如開封府的包青天，只差沒王朝、馬漢站兩邊，一副就是要開鍘壞人的樣子，就連膽大包天的我也快嚇死了。

魂飛了一半，半夜還做惡夢，夢到自己連一個音都彈不出來，只差沒去收驚。所以我決定，當我當評審時，一定要當一位會微笑的評審。

教學時我常跟家長說：「先不要在意進度，要讓你的孩子喜歡我，孩子喜歡我就會來上課。」

但我很注重基礎，所以一開始不要要求我趕進度，這對孩子是無益的。

學生幾乎都跟丫丫學到升大學才離開我，我不勉強學生一定要做什麼。就做他們自己，但前提是基礎要先打好。

高中之後的學生他們想彈什麼我都接受，但一定要會看五線譜。

慢慢的，鋼琴成爲他們生活中不可缺的事。

我一直是個小女孩

當自己一直在重整自己時
最後會發現我原來不只有一個我
其實，還有另一個我
她是個小女孩，她一直住在我心裡
但是住在很深很深的心裡

愛自己如何愛？隨心所欲嗎？
當然不行，而是愛自己心中那位孩子（另一個我）
這個孩子很神祕，會重播舊時的回憶
但，是你不喜歡的，甚至是你痛恨的
結果是自己被痛恨拉走了
而忘記當下，我們可以選擇不理會
但相同的錯誤卻會一直在重覆著

我和內心的孩子說話時，剛開始是痛苦的
因爲我必需學會去看那些不愉快的回憶
而我跟自己說：我必需瞭解與接受
但前提是要呵護這個孩子，之後才能眞正釋懷

「媽咪，如果我是一片雲，我想一直待在彩虹裡。」

「孩子，人生不可能只有彩虹，你要知道當你在烏雲下該如何一樣快樂。」

當每一位學生要去考試或比賽時，都會問我：

「老師，如果我彈不好怎麼辦？」

我說：「你只要記得上台和下台就好了。」

「我怕丟老師的臉。」

我說：「能記得上台與下台就很棒了。」

最後一個學生

有人問我,在音樂裡會不會有低落時?
我回答當然有!
因為我對鋼琴卻步過、不知如何是好過、找不到過……
我跟大家都一樣,無論我多麼愛自己的鋼琴還是會有困惑時。

而在我最低落時,出現我生命中最重要的人，就是現在的鋼琴老師。老師要我不能寫出她的姓名，所以我一直稱她為「飛翔的鴿子」。
不能寫姓名的原因是——
我是老師最後一個收的學生。
因為老師退休很久了，早已不收學生。剛開始還不願收我，
她說她退休了……但我跟老師說妳看到我一定會喜歡我的，真的^^
我跟老師除了上課之外，還能談禪、談人生。（不過我們常說看自己是最難的）
在她身上，我看到什麼是自然與實質。
她教我琴藝，又能給我一個自由的天空。
我只想跟老師說：謝謝您，我愛您！

熱情的高雄人

我喜歡蔣勳的聲音。
他的聲音好迷人，慢慢的一個字一個字的傳到我的腦海裡
原來放慢是這麼迷人。
都市中匆忙的腳步裡，是否，需要多一點像蔣勳這類的人？

在音樂裡，我有一個願望，我跟自己說：我一定要過濁水溪以北，能在國家音樂廳演出，我希望讓南北的文化差異縮短，讓大家知道，原來ㄚㄚ是高雄人。
高雄是一個美麗又充滿熱情的城市，處處充滿溫暖。
ㄚㄚ的樂迷一路相伴就是十幾年，他們看著我進步，我看著他們成長。
當初的大班生都已讀大學了，有些樂迷也結婚生子，他們帶著孩子來看ㄚㄚ表演，這些力量都是ㄚㄚ一直努力往上爬的力量，有些ㄚㄚ不認識，但我都知道你們一直都默默的支持著我。
真的好謝謝您們！
一路上有您們ㄚㄚ一點都不孤單。

極限密碼

身體的細胞中有幾個極限密碼，這些密碼能讓自己更加認識自己，但它有個特色——
就是當你越愛往外求時，它就越不會出現。

PS 親愛的朋友，懂得ㄚㄚ的意思嗎？ㄚㄚ的意思是：讓自己在生活中學著面對生活的潛能，當自己能做到時，就能「成就自己為生活上的心靈導師」。

看不見的自己

我不是只有鏡中的自己，
我要看穿、看透那鏡子裡看不到的自己。

PS

這次丫丫小語想要表達的是：我的思維是處在江海湧動的嗎？

還是讓假像為自己帶來更多的迷霧？心靈的成長有時必須與自己的內心互相掙扎，掙扎後的刺痛才能看到自己的生涯。

悟是「心與我」，領悟當下，就是見證生命。

看自己的勇氣

痛苦如風、辛苦如雨，有風有雨的心田才能發芽
內心沉重的負荷，使自己的心變的荒無。
但別忘了跟自己說：爲自己開一扇心門。
自己的心門自己開！
生命中，
一定會有如船身翻覆沉溺之時，
而這時也正是智慧昇華的最佳時機！

什麼時候需要勇氣？
看自己的時候！
看自己爲何需要勇氣呢？
因爲眞實（痛苦）往往是我們最不願意看待與接受的，
反而假象（謊言）很容易被接受。
假象是自己給自己的麻醉劑，藥效在時，一切都合乎常理，
但只要藥效一過，之後的痛苦可想而知。
所以，看自己需不需要勇氣呢？

PS

「真相（痛苦）是最不符合自己的，假象（謊言）是最符合自己的」……以上兩句話是ㄚㄚ文章的結論。ㄚㄚ常常跟自己說：看自己很難，所以心要柔，也要軟，才能發現微妙的自己^^

假象

細緻、溫柔、溫和的心才能看到最直接的本質，
而不是表面的假象。
當自己可發掘到一切事物的本質時，
這是種經由心產生的實質，會讓自己看的更透澈，
一切不是只要事物的表面假象，
而是用心看到最眞實的眞相。
但要做到這個途徑，必須要有一顆細緻、溫柔、溫和的心。

PS 丫丫常常說：我喜歡看自己。
看自己處理事情的態度，面對挫折與壓力的態度，觀察自己更是我每天必做的一件事。所以我的心要夠有警覺、柔軟，才能很快的發掘到自己偏離的地方。

兩條路

當自己可以勇敢的走出當下時，會有兩條路出現。
一條是更保護自己，一條是多了更多的慈悲心（慈悲的意思是：用愛自己的心，來看待自己與別人，面對恐懼痛苦時的那顆心）要選哪一條路都可以，但結果會有很大的不同！
（有時我喜歡當放空ㄚ或笨笨ㄚ，因爲這樣才不會受外在的情緒所影響，自嘲也是幽默的一種喔！）

PS 車窗外的陽光給了我最溫暖的笑容，讓我想起山中的野百合，也是有了陽光的照耀而更美麗。我問自己，什麼時候部落格上方的文字變成ㄚㄚ小語？我不記得了。為何會寫ㄚㄚ小語呢？因為我希望自己可以變成一個小太陽，給大家一顆溫暖的心。如何給呢？就是ㄚㄚ小語。希望大家會喜歡，ㄚㄚ常常跟自己說：不開心的事哭哭、笑笑就讓他過了，因為……

我是永不氣餒的ㄚㄚ^^

今年的冬天
似乎特別的冷
躲在被窩裡
想著……
會有雪精靈從窗外飛過嗎？
用神奇的魔法棒
輕輕一揮
柔柔的雪花
落下了……

愛叫什麼名字

愛的名字是什麼？其實沒有姓與名
愛之前是什麼？期待
愛之後是什麼？珍惜
沒了愛
心如沒有星光的叢林
有了愛
星光才能無限燦爛
地球像旋轉木馬般的旋轉，歷經恐龍時期至今才有人類的舞台
如果沒有那一次的偶然，我們都不知道
原來愛是多麼珍貴難求……

留著就好

寒冷的深夜裡，總會喚起某些熟悉的回憶
有人問我
忘不了昔日的回憶怎麼辦？
我說
就讓回憶留在心裡某個角落

畢竟每個人都會有屬於他自己
最私密的角落不是嗎？

溫柔的細心

深夜裡的一個夢境，讓我回到了國中時期……

追公車上學是我與好友常玩的一個遊戲，由於7點鐘就要到學校，爲了讓睡眼惺忪的雙眼不再閉上，所以騎著腳踏車追公車上學，似乎陪伴著我們渡過煎熬的國三。

至少在升學的壓力下，我與好友都是笑咪咪的進教室。

以前的電視只有三台，女生們對於瓊瑤的著迷不輸當今的偶像劇。

有齣連續劇《庭院深深》女主角委屈的淚水、男主角的癡情，更讓不少觀眾在電視機前掉淚。

而學校籃球場上，常常傳來男生們的歡呼聲。

投進一球，好像贏了全世界一樣。

忽然，我爲何看不到任何一個同學。

我一直找……一直找……

耳邊傳來喵喵聲，看到雪莉咪咪，我摸摸咪咪的頭。

原來這是一場夢。

一場帶我回到過去的夢。

音樂盒裡的音樂是鄧妙華所唱的《愫》，但有一首歌也很棒喔，是李碧華的《庭院深深》。

這首歌是高中時期聽到的，也是同學之間朗朗上口的一首歌呢！

小時候，看著住在鄉下的外公、外婆對天公伯的尊敬，讓我印象深刻。
因爲外公、外婆是做事人（台語，即農事者），求風、求雨、求溫飽，一切都掌握在天公伯的手裡。
一年的平安與收成，更要感謝天公伯。
天公伯，讓我懷念起，已去世的外公與外婆。

有一天晚上，當我睡著時，小精靈飛到我耳邊，輕輕的告訴我：
生命的旅程裡，要有一顆勇敢的心，
因為傷心與流淚都需要勇敢來灌溉。
有了勇敢，心靈的翅膀才會打開。
但不能缺乏一顆溫柔的細心，
溫柔的細心才能遇見自己心中的小精靈……

瓶子

有三個瓶子要送給你愛的人
第一個：你最想要裝什麼？
第二個：你要裝什麼？
最後一個：你覺得裝什麼比較好呢？

想出來了嗎？
第一個瓶子裝疼惜好嗎？

再來裝關心

最後裝愛

PS 當你愛一個人時，要你說幾句我愛你都可以。但時間久了，還會一直說我愛你嗎？反而是疼惜與關心是支撐愛的力量。

有如漣漪的愛，會給人一種生生不息的感覺；有如浪花的愛，會給人一種曇花一現的隱沒感。漣漪的愛，是寧靜的、溫馴的，彼此的疼惜與關心就像一雙暖暖的手。

如果你問我，什麼是幸福？我會回答：當我有如風中殘燭時，對方會像太陽般的照耀我，讓我在黑夜裡看到白日的曙光。這就是最美好的幸福，但也要學習兩個字：珍惜。

傷心的含意

當樂曲響起的那一刻
你我的雙手緊握在一起
雙眼直視著彼此
跟著旋律，腳步一前一後，我進你退、你進我退
每一個失落、與傷心，都有它深深的含意
它讓我們了解到生命中眞正的意義
用笑容來看待每一個失落與傷心
才能眞正舞出生命的圓舞曲

PS 很多人都會問我：「丫丫妳會不會有傷心、難過、生氣的時候？」答案：「當然是會有的。」這種時候要怎麼辦？

學著溝通與表達（很難，因為要做得好並不是容易的）不過這也是一種學習。跟家人、朋友、親密的人……試著舞出生命的圓舞曲，感覺很棒的。滋味如何？看個人囉！

愛的空白

遇見愛的人是最美麗的一件事
馬路上人來人往，誰才是呢？
誰才是可以陪我走過下雨天的人
愛不會是刻意的安排
愛不會是有目的的等待
愛是要有一雙空白的手
一顆空白的心
才能遇見愛的人

PS

每個人都希望自己的愛情是美好的，但要對方付出之前，是否有想過自己能給對方什麼？

愛是不能用秤來衡量的，但可以有一顆為彼此著想的心。

ㄚㄚ祝福每一個朋友都能遇見真愛^^

當然也要珍惜身旁的一切。幸福就是互相都會為彼此著想，沒有誰要聽誰的，而是學著聽對方說話，不然幸福是會不自覺的溜走的。

圓滑線

學芭蕾是小時候的一個夢想
今年我終於完成自已的夢想
而且不只一個，是兩個美麗的夢想
哪兩個呢？爵士舞與芭蕾舞
爵士與芭蕾的碰觸，充滿了瞬間的力度及優美的線條
有多美呢？有如琴譜上的legato（圓滑線）
線條拉的好遠，使自己的身軀也變得好修長、好優雅
或者也可以形容成漁夫手上所拋出的魚線，拋得遠遠的……
而當力度瞬間出來時，又能及時吸引住旁人的目光
我跟自己說：人生的哲學也是如此，有優雅的身軀及身段，也要有果決的一面
彈琴可以彈出生命的樂章，舞蹈也能舞出生命中另一個樂章

雨停了

每個人都會有一個傷心的角落
眼淚在那個角落，像雨般的下不停
雨般的淚水，讓我眼前的世界變模糊
當初以爲走不完的路
還好
雨停了
我可以繼續走了

PS 當自己傷心的時候，我會跟自己說：找個角落大聲哭出來吧！

哭也是愛自己的一種方式。我常常跟朋友說：在丫丫面前想哭就哭，不要把話憋在心裡，久了會生病的。

愛的地基

愛是有基礎的，有如蓋房子的地基，什麼是愛的地基呢？
愛不是只有兩人世界，愛也要愛對方的家人
愛是溝通，全面的溝通
愛是尊重對方，而不是使對方失去信心
愛是要有一顆同理心
愛是知道對方的禮讓，是修養與耐心的結合
愛是珍惜與愛惜對方所付出的
愛不是爭對錯，而是讓對方明白你在表達的意思

詩人

詩人的眼裡藏了好多的祕密
詩人也是充滿感性的人
他能撫慰受傷人的心
也能傳達愛意給對方
詩人也愛與季節對話
尤其在秋天與冬天
我是一個什麼樣子的詩人？
喜歡躲在咖啡廳角落的詩人

弦，斷了

看著手中斷掉的琴弦
心裡是爲自己歡呼的
我又彈斷一條琴弦了，在斷掉的琴弦裡，我看到我的執著、我的熱情
我喜歡旁人被我的琴聲帶著走，帶到另一個情境，一個接著一個……
我沒有一雙細緻的手，因爲這是不可能的
但我喜歡手的粗獷
粗獷的手，才能顯現出我的執著與熱情
練習的過程，是淚水與汗水的交會
辛苦嗎？
當然不會
因爲我看到永不氣餒的ㄚㄚ

PS 小時候的丫丫看到一個故事，故事中是講李斯特彈琴的力度及他的認真可以把琴弦彈斷，當時的我好羨慕，因為我也想跟李斯特一樣，把琴弦彈斷，丫丫很開心！我辦到了，這是我一年當中斷掉的第二條琴弦，開心的丫丫^^

眼神

你的眼神似放出人間最美的愛與眞誠
愛的眼神，使悲傷終止
愛的眼神，使孤寂垂下
愛的眼神，使凋零的心再度升起

你我交會的眼神，使你我的心不再遊蕩
你我交會的眼神，使你我的心不再絕望
你我交會的眼神，使你我的心不再淒苦

PS 人世間最美的事物，就是有給予對方一雙希望的眼睛。眼睛真的會說話，會說很多的話，試著讓自己的眼睛說說話^^

勇氣

愛是什麼？
愛不是利用他人來滿足自己
當有利用時就不是愛了
因爲你犧牲了愛你的人
被犧牲的人
此時的心就像枯乾的河流，對愛的希望有如地窖般的幽暗
當一個對愛已心灰意冷的人，出現在我面前時
我會告訴自己
給對方一顆溫柔的心、一雙溫暖的手
因爲
當一個被封住已久的喉嚨，要它學會表達，是需要勇氣
當一顆被傷透有如荒原的心，要它再變成熱情，也是需要勇氣
當一個人願意把塵封已久的過往，像打開抽屜般的打開來，這時更需要勇氣

PS
親愛的朋友們：給需要勇氣的人，一顆溫柔的心、一雙溫暖的手。
相信對方有你溫暖的攙扶，會走的更順利^^

不發芽的種子

這首詩獻給吾友小真，希望天主給小真力量來面對親人的離別

我感覺到你的生命在融解
漸漸的從燦爛到黑暗
我多麼不希望
看到愛的生命在殞滅
我含淚問自己
爲什麼天空不爲我劃下一顆流星
我想爲你播下希望的種子
但我知道它們是不會發芽的
即使
我們以後就此離別
你我的記憶
將靜靜的沉靜在我心裡

PS 生命沒有永恆，只有長短。丫丫常常跟自己說：「當下就要愛身旁的每一個人。」因為我不知道誰會在這個旅程中比我先靠岸。

寂寞的明白

此篇散文送給玲

一段感情結束時，彷彿世界沒有了笑聲與歌聲
只有無聲的寂寞，心中的我一定會想，我要趕走寂寞
但換個方式來說：寂寞也是讓自己更明白我要的愛是什麼？
兒童樂園裡的旋轉木馬好美，我也好喜歡
但人生的態度可以跟旋轉木馬一樣嗎？
當然不行
沒有人會希望錯誤是一直繞著自己轉的
愛的世界裡不是只有快樂
更需要的是彼此共同面對痛苦的心

PS 丫丫想表達的是，先知道自己要的是什麼樣的愛與感情，才能遇到屬於自己愛的人，與愛自己的人^^

爸爸的手

爸爸的手是哄我入睡的手
爸爸的手是幫我趕走夢中妖怪的手
爸爸的手是幫我擦掉眼淚的手
爸爸的手是捨不得打我的手
爸爸的手是爲我加油的手

PS 拔拔下輩子我還要當你的小孩，但是你不可以抽菸、喝酒唷！

漸慢

rit是音樂術語中的漸慢
漸慢的速度可以遇到等你的人
漸慢的速度可以遇到等你的希望
漸慢的速度可以遇到等你的快樂
漸慢的速度可以遇到等你的好時光
當然還有等你的幸福

PS 親愛的朋友們：讓自己的腳步漸慢下來，你就會發現原來快樂、幸福就在你身邊。

給女兒的一封信

親愛的雪莉咪咪～
你是麻麻心中的寶貝
麻麻也知道你很愛我，但麻麻可以跟你商量幾件事情嗎？
第一
就是我們的遊戲時間可以提早嗎？麻麻知道你是貓科動物
所以一天有十八個小時在睡覺，白天的你睡的好甜唷！
麻麻的鋼琴聲吵不醒你、維也納愛樂交響樂團的聲音也震撼不醒你
麻麻只希望你白天可以少睡一點點嗎？
因爲麻麻下課回家已經沒力了，還要陪你玩追追、躲貓貓的遊戲
眞的好累，我也知道親子關係很重要，但我們可以提早嗎？
第二
麻麻知道你有音樂細胞，但可以不要在半夜兩三點彈琴嗎？
麻麻被你嚇醒很多次ㄋㄟ
第三
在麻麻睡覺時，可以不要從麻麻的身上走過去好嗎？
因爲咪咪你快七公斤，麻麻只能內心的喊說：你是我胸口永遠的痛

Ps 最後麻麻想跟雪莉咪咪說：麻麻好愛你，麻麻有你真的好幸福^^

心裡的蝴蝶結

我們常聽到一句話說：心有千千結
但有多少是打不開的死結呢？
當死結越來越多時，心裡所產生的那股能量，將會深深的影響自己
導致抓不到自己的本質
心中被怨氣、憤怒、猜忌、不滿……所占據
更讓這所有的一切掌控自己的情緒

PS 我們可以容許自己的心裡有結，但丫丫希望我們為自己打的結，都是可以打開的蝴蝶結^^

我等你

給吾友小美的一首詩

我知道你像斷了翅膀的天使
一個人依靠在孤獨的角落
我爲你帶來蕭邦的夜曲
陪你走過當下的交叉口
寂靜的夜裡
爲你
我尋求天主的憐憫
我等你
等你，輕柔的張開翅膀的那一刻

PS 親愛的小美：妳的痛苦ㄚㄚ無法幫妳分擔，但我願意默默的陪妳一起走過。別怕，知道嗎？加油！愛妳的ㄚㄚ^^

心海的魚

我希望自己的內心像一條魚
我可以從小溪游到河川，再從河川游到大海
完全是一顆開放的心
當我游到大海時，我就會發現，自己不會卡在自己的世界裡
反而會去觀看跟自己不同的世界，也更感覺到自己的渺小
世界就像海洋一樣寬廣、遼闊
開放的心，讓我明白自己的不足，因為還有好多新鮮的事物，等待著我去學習與接受

PS 我是一條魚，一條快樂的魚，優游自在的魚、愛跳舞的魚。我隨著水波逐流，速度能快也能慢。我愛這個世界，美麗的世界。

信仰像朋友

信仰是什麼？對信仰應該用什麼樣的態度呢？
我覺得信仰是一位好朋友，知心的好朋友
當我心情低落時，我可以和祂說說話，而不是要馬上得到答案
或者要信仰給予自己一個想要的答案

PS 部落格的音樂，是〈奇異恩典〉，在十幾年前，ㄚㄚ無意中聽到這首歌，眼淚竟不聽使喚的流下來，直到認識天主，我才知道這是一首聖歌。我常跟天主說：我不是一個乖小孩，因為我常常犯錯，但我知道你依然愛我，所以我要更謙卑與感恩。

把你還給我

難道我們要有如梁祝般的化成彩蝶，才能廝守嗎？
用你的眼波與我交會
別再把我留下
思念全心全意都給了你
聽到你的呼吸，卻看不到你的身影
指間從你手中輕輕滑落，但沒有及時抓住你
上蒼啊！
愛人是多麼令人銷魂
被愛是多麼令人陶醉

PS 此詩的靈感來自《梁祝小提琴協奏曲》，在這動人的旋律下完成這首詩，我覺得情境好美唷。你們覺得呢^^

不完美的人生

未來會如何？這是每個人都想知道的答案
最好都是美好的，不要有恐懼，但有可能嗎？
因爲恐懼是生命中的一部分
包括小小的昆蟲也都會感到恐懼，人類更不用說了
當發現恐懼出現時，一定是害怕萬分、十分脆弱的
但恐懼也有它柔和的一面，試著觸碰它、品嚐它、溫柔的看著它
在這個時候，什麼最重要知道嗎？
就是（勇氣）告訴自己，向前一步、不責怪他人、不責怪自己、不作假
就是接納，這時你會看到軟弱、無助的自己
記住
不要逃跑，跟自己說：我是幸運的，因爲恐懼誕生勇氣

PS 人生是一個充滿密碼的世界，就看自己如何解讀它。

廝守

我像黛玉葬花般的把你埋葬在心裡
假使
如果
你對今生還有眷戀
我就再爲你許下一次願
與你共度今生的緣

PS 愛情是一個很奇妙的東西。

丫丫想表達的是，當你愛一個人時，不要讓對方等太久。愛的人辛苦，等的人更辛苦。生命如此短促，切莫空等待明天。別讓靈魂枯萎了。在頭髮變白前、在熱情冷卻前，愛他就說出來吧！

過客的收穫

當我走進博物館時
我會想先看什麼
懂的、不懂的
喜歡的、不喜歡的
美麗的、不美麗的
告訴自己
先把自己擱著吧！
身為一個過客，走進博物館看見什麼就欣賞什麼
最後
走出博物館時，你會發現，自己是滿載而歸的

PS 親愛的朋友們：人生不就如此嗎？看得懂ㄚㄚ想表達什麼嗎？

貓捉老鼠

把頭探一探
貓大人在家嗎？
嘻嘻～～～～～～～～
不在

呼朋引伴，快快出來
結果……
喵～～～～～～～～～～一聲
一個大黑影撲了過來
大家一哄而散

PS 這是一首童詩，ㄚㄚ小時候住過鄉下，真的看過貓捉老鼠ㄋㄟ，貓咪真的好厲害唷！回憶童年，讓我想起這一段回憶，所以就把他寫成童詩，希望大家會喜歡喔^^

狼狽

你的心被石頭壓住了嗎？
爲何如此冷漠無情
還是被土壤所埋葬了呢？
雨
下吧！
把那顆被土壤所埋葬的心沖刷出來
也沖刷掉我那顆早已狼狽老去的心，我畏縮著，在雨中
逐漸被消融……
但我不再悲嘆！我闔上雙眼
搜尋那早已狼狽不堪的靈魂
搜尋那早已被磨光、荒廢的熱情

PS 這首詩的靈感，來自昨晚在一家格子店，聽到蔡依林唱的〈妥協〉，其中歌詞的兩個字「狼狽」讓ㄚㄚ有靈感寫這首詩。寫詩的ㄚㄚ是多變的ㄚㄚ，因為有多變的角色，才能寫出不同感覺的詩^^

我愛貓咪喵喵喵

我想當貓咪
這樣我的身體就會很柔軟

手腳很敏捷
動作很準確
行動很迅速
爲什麼我想當貓咪呢？
偷偷的告訴你唷！
但是你不能跟別人講喔！
打勾勾、蓋印章
因爲我想當一隻美麗的芭蕾小貓咪^^

指月亮

爸爸說：不可以用手指頭指月亮
因爲月亮娘娘會生氣
她生氣時
就會在妳睡覺時，來割妳的耳朵
結果
我不聽話
偷偷指了一下
但我有馬上跟月亮娘娘
說聲對不起喔！

船過水無痕

船過水無痕
眞的是這樣嗎？
我疑問的問自己
當然不會
因爲會有漣漪般的餘波
尤其是那刺入我心的痛楚，他使我的靈魂變得如此淒涼
我只能通過自己無言的死亡，親吻自己的靈魂
讓死息的靈魂爲自己舞蹈
嬌柔的張開雙手
大膽地
站在山崖邊緣
舞出
自己的生命
舞出
日出 的第一道光芒

PS 每個人都會有一段傷痛是特別痛的，丫丫不會選擇忘記它，我會當作給自己一個警惕。當情緒來時，我會跟自己說：「別讓不好的思緒來奴役自己的心靈。」能做到如此，也是心靈上的一種成長。

唯美的女人（奧黛麗赫本）

妳那高尚優雅的身軀，讓我不知從何下筆
雖然妳如沉睡般的死去，但妳的靈魂未必死亡
注視著妳，讓我忘記自己
黑與白的暗影，美妙的交會在妳的容貌

妳是藝術的永恆，這難以用言語形容的優美
是多麼令人可貴
當妳美麗的身影離去時
世人思念妳
妳的美永不流逝
妳的仁慈與愛心更征服世上所有的人

我想……
後繼恐怕無人

PS 這首詩，是ㄚㄚ獻給我最愛的巨星：奧黛麗赫本。希望大家會喜歡^^

赫本的電影，我可以看十遍、二十遍，她的一舉一動、就是讓人永生難忘，深深打入人們的心弦。她有一顆善良的心，仁慈、愛與關懷都可以從她身上影射出來，我從她身上看到……真摯的情感。

咪咪走了

親愛的女兒～
妳在睡夢中走了
妳走的很安祥
但麻麻要告訴妳以後不可以這麼搗蛋、這麼調皮
都不跟麻麻說聲再見就走了
謝謝咪咪來當我的孩子
如果還有機會的話
一定還要再來當麻麻的孩子喔！
給我最愛的女兒咪咪
麻麻留

PS 謝謝大家的關心，ㄚㄚ會加油的。更會把對貓咪的愛傳下去，因為還有好多貓咪需要拔拔與麻麻的愛。

小兔子

我是一隻小兔子
我不強壯，也不威嚴
但我有一顆善良的心
我不孤單
因爲我有嫦娥姊姊陪伴我
我是一隻小兔子
我住在月亮的皇宮裡
我愛看劃過夜空的流星
我希望，自己能變成流星
幫乖小孩完成他們的夢想

人類怎麼了

地球怎麼了？
爲何天災無情的一一對著我們而來
地球不再美麗
地球甚至會因爲我們而消失
爲什麼？
因爲人類的自私與無情
傷害許許多多只要對自己有利的事
我們應該要跟地球說聲
對不起！請原諒我們的自私
我們會更加愛你、保護你
來謝謝地球給予我們人類的愛

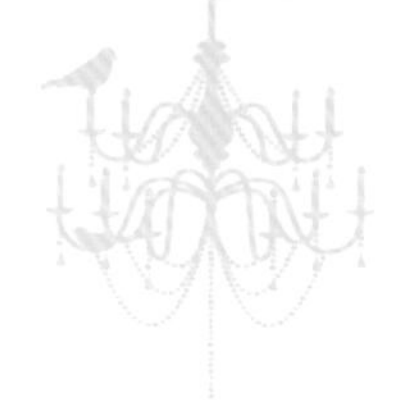

渡口

當所有的憂愁不請自來，我望著天空，依然是藍藍的
我的內心卻是雜亂、痛苦、殘弱，我走進自己的悲傷
越探索越無力，吶喊、墜淚似乎都是多餘的，我求我的咽喉，在寂寞裡爲我歌唱
但他卻不能言語，我只能在角落中，自己擁抱自己，好多次我以爲我快窒息了
憂傷我想彩繪你，但我的調色盤早已沒有顏色
暮色昏暗時，遠遠的、靜靜的
有位船家，微笑迎向我
你願意讓我帶你到下一個希望嗎？
我點頭
船朝著前方輕輕的漂動，在沒有月光的河流上
我看到四個字

波
平
如
境

PS 這首詩獻給幫我度過低落的朋友，你們都是丫丫的渡口。當你們低落時，別忘了丫丫，我會很榮幸當你們的渡口。

永不落幕的人生

情歌不會只有一首，電影也不會只有一部。
人生理所當然也不會只有一齣戲，有倫理親情戲、有刻骨銘心的愛情戲、有情同手足的友情戲，
當然還有搞笑的肥皀劇，及似懂非懂的默劇。
在戲中的我只有一個角色嗎？當然不是！我們每個人都至少有兩三個角色。
戲中的轉折，有霧般的虛無飄渺、憂歡與悲憤的糾葛、等待與寂寞的空虛、天堂與地獄的煎熬、滂沱大雨班的淚水……
但戲總有落幕的一天，別忘了給自己掌聲，
台上的燈光漸漸熄滅，幕簾慢慢拉下時，記得要優雅的一鞠躬。
流逝而去的是過去，遺留下來的便是將來。
劇終～
待續～
下一齣戲我會是什麼角色呢？告訴自己，我會演得更精彩、更賣力！

寫給遺憾

歲月飄泊，年華老去
卻發現有段未了的心願，我以爲我忘了
但他卻寂靜的烙印在我心裡
當心願與你相遇時，就站在原地，靜靜的伸出你的雙手
讓他接近你
心願就像繽紛的櫻花，別讓心願在你面前凋零了
別隱藏自己的渴望、別用盔甲裝飾自己
別讓昔日的遺憾，使自己的內心失去光澤
歲月是痕跡，無法重覆與停留
一切的一切，彷彿在這個時候才會想起
人生未留遺憾苦

PS 當自己有夢想、有理想時，還是想跟心愛的家人、情人、朋友說聲：我愛你！還是感謝的話。是不是都要把握當下呢？ㄚㄚ希望每一個人的人生，都是沒有給自己留下遺憾的。

智慧的花朵

問自己，什麼樣的景色最美
是滿山的杜鵑？
是蔚藍的海洋？
是深秋的楓葉？
結果都不是，答案是
開在我們額頭上的智慧，智慧的花開了
智慧的花，永不凋霽
花開時
聽不見的，都聽見了
看不到的，都看到了
年齡不等於智慧、知識不等於智慧
要讓人生中的，那朵智慧花開，是多難的一件事啊！

讀我

我的胸口湧起滿滿對你的愛意
原諒我不得用詩來對你輕輕的呼喚
我不想錯過這幾乎靠近你我的幸福
深夜裡的驚呼與墜淚，早已讓枕頭上掉滿了淚水
我屹立不搖的心
等待你伸出雙手
讓我完成，這個有結局的詩
你懂嗎？
風兒有告訴你嗎？
愛情鳥有把我對你的思念傳達給你嗎？
別留下孤單的我
讀我
好嗎？

重整

一次又一次的破滅，才能真正領悟到我是凡人
每次所受的傷與挫敗，是我學習領悟的最佳時機
領悟也讓自己多了更多思考的思維
我可以讓自己的觀念偏掉，也可以讓自己的觀念往正確的方向走
在這個時候思考就變的很重要
正面的思考可以讓我學會更謙卑
反面的思考會使人陷入泥濘當中

我願屈服在妳心裡

我靜默的凝視著她
她有著洋娃娃般的長捲髮
以及常被誤認爲是混血兒的臉譜
她的雙手，因執著的鋼琴而變得粗糙
但我愛她這粗糙的雙手
握著她的手，我的心靈更能感受她對音樂的執著
我愛她認眞的表情，好專注、好專注……
專注到被她嬌柔的眼波所吸引
更不自覺的跌入她懷裡
妳讓我漸漸走向妳
在今日與明日的交接點
我已經走向妳

PS 這是丫丫寫給自己的詩，我跟自己談戀愛，說不出來的奇妙。

親愛的朋友們：要不要試試看呢？就讓自己再談一次戀愛吧！但對象是自己唷^^

回憶

夜晚的寂靜，讓回憶在心中浮起
回憶是一齣內心戲，我從心裡拉出一條濛濛的足跡
像水波般的不息，是心田抹不掉的回憶
彷彿昨日的時光還在
但今日卻成泡沫般的身影
傷心與淚水，都是永恆的美麗
給自己一杯焦糖瑪琪朵
甜蜜的滋味
忘掉那失落與傷心的淚痕
放掉那原本不屬於你我的世界

PS 這首情詩，是丫丫送給一位摯友的。我希望他能快樂，真的要快樂喔！笑一個給丫丫看。丫丫愛你^^

兩首三行小詩

（一）
望著你那猜不透的心扉
春天的明媚以表我的心
風兒吹不動我對你的思念

（二）
遺失掉心中雜亂的思緒
悲喜仍在心中相互糾葛
懷著無限的期許看待未來

星願

紅紅的太陽回家了
換成亮晶晶的星兒，來點綴這幽暗的黑夜
你讓幽暗的黑夜不再孤寂
也陪伴依靠在窗邊的我
我的內心期待著……
會有一顆鑽石般的流星，劃過這遙遠的夜空
但星兒，你跑到哪裡去了呢？
是偷溜去玩了嗎？
還是在與我玩躲貓貓？
我在等你，你知道嗎？
等你來幫我完成
我內心的願望

幸福

幸福是，獨自一個人在咖啡館裡享受自己的午後時光
幸福是，看著窗外發呆，想起童話故事裡的完美結局
幸福是，想起自己是否會在十字路口遇到心愛的他
幸福是，可以聽到心愛的人他的呼吸聲與心跳聲
幸福是，手機傳來對方溫暖關懷的文字
幸福是，當我哭泣難過，快樂微笑時，身邊都會有人陪我一起度過
幸福是，我知道我有很多愛我的人

那雙溫柔的眼睛

雪莉的眼睛
牠知道，我是否傷心？
牠知道，我是否開心？
牠知道，如何撫慰我的心
牠知道，我有一顆很愛牠的心
牠會用牠輕柔的聲音、靈巧的身體輕輕的回應我
使我的心底感受到牠對我的愛
而我倆心意相通，牠爲我帶來滿懷的喜悅
我喜歡用柔柔的臉龐與牠碰觸
擁抱時的溫暖，在感覺裡縈迴
那言語難以形容的柔美
早已深深的烙印在我的心

PS 這首詩是丫丫寫給雪莉貓貓的，我愛牠。因為牠帶給丫丫無數的溫暖，希望大家會喜歡。

春天的詩

春天的陽光，照射在玻璃窗上，我看著玻璃窗，好像顆美麗的玻璃珠
春天的陽光，像一隻溫暖的手，它握著我的手，讓我覺得暖暖的
春天的陽光，像小女孩般天真的微笑，甜甜的
春天的陽光，象徵著最美麗的愛情，不會太冷，也不會太熱
它會讓人想躺在它的懷裡

PS

這是丫丫第一次學著寫詩，希望大家會喜歡。以後丫丫還會寫很多不一樣的詩，因為我不想把自己框在一個框框裡，我要拿掉框架，這樣我的視野才能夠更豐富。

我希望我的詩是多變化的，例如：感情、愛情、友誼、親情、季節、一切的人事物……但丫丫的詩都是獻給大家的，無論當下的你心情如何，丫丫都希望能觸動……你的那一顆心^^

鏡中的自己

有多久沒有好好的看看鏡子中的自己？
是一個什麼樣子的自己？
是害怕、寂寞、空虛、恐懼、謙卑、快樂、知足……
哪一個是眞的自己呢？我眞的了解自己嗎？我要的眞的是我所需要的嗎？
每個人的內心，都有好多的抽屜，有些是可以打開，有些是無法打開的，
因爲那是自己最深層的一面，每個人都可以保留最深層的一面。
很多事情攤在陽光下反而是種反效果，因爲那會使人沒有了安全感，
留一些空間給自己，讓自己多了解自己、觀察自己、面對自己、檢視自己，
相信會有很不同的收穫喔！
我是誰？
我是ㄚㄚ，無論我的成就有多高、掌聲多大、讚美聲有多少……我永遠都是ㄚㄚ！

我常常提醒自己，要謙卑、不能忘本、並且懂得感恩與憐憫。

人生的過程，我不會笑比我走的慢的人，

因爲我是過來人，

感謝所有支持我的朋友、學生……你們都是ㄚㄚ最感謝的人！

我會更加油的！

愛你們的ㄚㄚ

聽覺與觸覺

當我在彈琴時，我會聽我彈出來的音色
我會問自己，這是我要的聽覺嗎？
手指在黑白琴鍵上的觸動
我會問自己，這是我要的觸覺嗎？
有敏銳的聽覺與觸覺，才能把美的旋律，呈現出來
琴譜上的音符，是有生命的、有感情的、有喜怒哀樂的
它會笑、它會哭……
這才是我要的音樂

童年的味道

人的記憶裡，有哪些讓人忘不了的味道呢？
我的答案是童年的味道。我閉著眼睛慢慢的回想……慢慢的回到童年。
小時候有段時間是住在鄉下，當春天來臨時，就會下起綿綿的春雨，打起轟隆隆的春雷。
我的嗅覺告訴我，春天來了！
稻子收割時，外公、外婆會把剛收好的稻子，放在三合院的中央，讓陽光充足的曝曬。
這時我聞到，稻子經由陽光所曝曬，而散發出來的稻香。
學校放學的途中，看著家家戶戶屋頂上，煙囪冒著灰灰黑黑的煙。
這時我聞到的是，木材經由燃燒時所散發出來的味道，嗆嗆的。
走進家門，直奔廚房，看著外婆剛燒好的菜，我聞到香噴噴的豬油香。
豬油拌飯最好吃了！
到了夜晚，我坐在家門口的長板凳上，看著天空好多隻眼睛在跟我說話，
原來是閃亮亮的星星！
身上被涼涼的微風吹著，頭髮的髮絲也輕輕的動了起來，

好舒服的感覺！
彷彿是微風在告訴我，你該上床睡覺囉～
這時我的耳邊傳來外婆熟悉的聲音……
小萍：你該睡覺啦！
以上就是我所懷念的，
童年的味道。

慵懶的貓

午後的陽光，讓我想當一隻慵懶的貓
就是懶懶得……我是貓、我是貓
我是一隻嘟嘴貓

我是一隻看著窗口的貓，聞著咖啡店裡，濃濃的咖啡香
好舒服、好舒服，舒服到我變成呆呆貓

匆忙、擁擠、吵雜都跟我沒關係！
我只是隻……只會睡及吃還有發呆的貓^^

流浪與飛翔

今天的我要去流浪，沒有地點、沒有目的地，哪裡都是我可以流浪的地方

一個人走在都市的叢林裡，看著每張不同的臉、不同的表情
聽著不同的聲音，每個人的聲音高高低低、起起伏伏的，雖然我聽不清楚他們在說什麼
但觀察他們的表情好有趣呢！

跟自己去流浪，有種自我放逐的感覺，好像一隻小鳥
我伸展我的翅膀，到處翱翔，有風陪著我、有雲伴著我、有溫暖的太陽照著我
我一點也不寂寞，當我累了，我就收起我那顆流浪的心回家囉～

PS 現代的社會腳步好快，快到自己都忘了跟自己獨白與相處，別讓自己的心靈粗糙了

粗糙的心靈是看不到所有人、事、物的美

給自己一顆單獨面對自己的心，不要怕寂寞、恐懼，這樣才能看到自己內心深處

最真實的心靈^^

美

我喜歡拿著自己喜歡的書，把書放在鋼琴椅子上，而自己就坐在琴房的木板上
家中沒有一盞燈是亮的，只有鋼琴上的檯燈是亮的
我用指尖觸摸著書中的文字，有時會被字裡行間的文字所感動
我就會趴在書本上，閉上自己的眼睛
慢慢的去思考讓我感動我的文字
之後，我聽到自己的呼吸聲、心跳聲……
而我自己也慢慢的睡著了
好美的感覺～

PS 今天丫丫看到自己因練琴而長繭的手指，瘀青的指甲。我也覺得我的手好美。

空杯子

早上起床時，當我走到窗邊，拉開窗簾，陽光直射到我的臉龐。

感覺好溫暖。我坐在窗前，突然的問自己一個問題——

ㄚㄚ你想當什麼？我回答：我想當一個空杯子。

唯有清空的自己才能再裝下更多的學習、期待、渴望、及希望……

好眞實的感覺你們覺得呢？

ㄚㄚ在練新曲子時我都會告訴自己，把之前的掌聲、讚美與喝采忘掉，

一切回歸到零。

重新找到揣摩曲子的方式，因爲這樣才是ㄚㄚ自己眞正的音樂。

超乎想像的耶穌

丫丫是天主教徒，但我發現宗教是相通的，我之前看了一本書名字是《耶穌也說禪》。
有意思吧！我這個愛搞怪的內心鬼當然不會放過這本書。
這本書讓我明白，耶穌也是一位幽默大師，也是一位藝術家。
不需要藉由什麼神奇的能量，我們在生活就能接觸到耶穌。
很多人對聖經的說法都是按著聖經說什麼就講解什麼，但往往都帶著個人色彩，我現在只知道耶穌是超乎我想像的，不能執著自己的意識形態來認定聖經就是這樣解釋。
我想當一個藝術家的天主教徒，我心想耶穌教導的不是只有奇蹟，還有生活中的樂趣與藝術，當然還包括對其它宗教的接納。

學會接納才有愛與包容。

看聖經時我不喜歡看文字的表面，我喜歡聖經中背後的意義。當我閱讀佩瑪・丘卓、達賴喇嘛、克里斯穆提、艾茲拉・貝達等人的書籍之後，我更明白耶穌祂也是在教我們獨立「如何面對恐懼」、什麼才是眞正的包容與愛。

心靈層面是很寬很廣的，不是只有嘴裡說愛說包容或愛就能了解。耶穌最重要的目的，是要讓人們明白如何學會看自己。

正義貓使者

每當丫丫看流浪貓時，都會想跟牠們玩，但沒一次成功的。

爲什麼？

小時候常聽長輩說貓很邪、很不顧家、很無情，還號稱九命怪貓。

丫丫有個疑問：是先有人類還是先有貓？

我們人類連地球都不愛護了，何況是小動物呢？

沒有任何人可以批評牠們，因爲牠們也是有血有淚的。

人類與動物是要彼此互相尊重的。

我看過貓咪哭，我看過貓咪無助的眼神，看過貓咪被虐待……好多好多，丫丫都好心疼。

丫丫也愛狗，但爲何只對貓咪發聲呢？

因爲在這個社會裡眞的很少有人會替貓咪說話。

PS 正義使著丫丫貓……喵喵喵～～～

像小草的ㄚㄚ

ㄚㄚ希望自己像小草。

因爲小草不是溫室裡的花朵，它可以任憑踏踩，卻依然昂首生存。

風雨來的時候，無論風多大，雨多大，風雨停了，小草又能迎向陽光，

挺著身子，往上生長。

這是ㄚㄚ的人生哲學，希望大家都能創造屬於自己的生命與勝利。

一副好牌

當上天給我一副不好打的牌時，我該怎麼辦呢？
ㄚㄚ告訴自己，努力的打，打到他變成一副好牌
當自己被挫折、挫敗、無奈、痛苦……等泥沙般的傾倒在自己身上時
一定是痛苦難耐的
我告訴自己，努力的把身上所有的泥沙，用力的抖下來，再把泥沙當作一塊塊的墊腳石
然後站上去
ㄚㄚ相信即使掉落到最深的井裡也可以安然脫困的
人生就像一場戲，上天也會常常給予我們不按牌理出牌
ㄚㄚ祝福大家～
在遇到困難打的牌，都能打到變成一副好牌

ㄚㄚ生日快樂

一月二十七是ㄚㄚ的誕生日。

我從一出生就有一位好愛我的拔拔，ㄚㄚ從小的衣服、用品都是拔拔一手張羅的。

他把ㄚㄚ當公主般的呵護著，我還記得自己跟拔拔說：我長大要跟他結婚。

直到我讀大一時，拔拔因爲某些因素離開了我們，之後的六七年ㄚㄚ都沒看過他。拔拔的離開，使家裡的經濟完全歸於零，當時的ㄚㄚ就半工半讀的把學業完成，白天讀書，晚上教鋼琴，還要練琴與讀書，ㄚㄚ曾經累到邊騎車邊哭……心裡一直問：「拔拔，你爲何要這樣對我們？」

有一天，ㄚㄚ接到醫院的病危通知說：「某某人是不是你爸爸？」當時的我呆掉了，當ㄚㄚ趕到醫院看到拔拔時，就蹲在他面前問拔拔說：「你還記得我嗎？」

之後醫院做了仔細的檢查，拔拔是得了食道癌及嚴重的酒精中毒。

經過開刀、治療、住安養院……可惜的是，拔拔還是走了。他等不到ㄚㄚ趕到醫院看他最後一眼，就已經走了。
我握著他的手、摸摸他的臉，眼淚整個潰堤……
最後ㄚㄚ要幫拔拔拔管的那一刻，心眞的好痛好痛，拔拔因爲咬太緊，ㄚㄚ就算再怎麼用力也拔不出來。
我跟拔拔說：「拔拔，你病好了，我要接你回家了，我在你的家鄉幫你買了一間房子，你會在另一個世界過得很好的。我也會好好的照顧弟弟跟媽媽，我感謝你生下我，愛我、疼我，雖然你曾經讓我傷心，但你永遠都是我最愛的拔拔。」
當ㄚㄚ說完這些話時，拔拔的嘴巴鬆了、也笑了。
管子一拔出來時，ㄚㄚ看到這麼長的一條管子，眞的好捨不得，拔拔眞的受了好多苦。
拔拔過世也有幾年了，ㄚㄚ一直都不敢發表父親節的文章，因爲我會想起拔拔，之後就我就會很傷心很傷心。

不過我告訴自己，我雖然沒有拔拔了，但我的心靈上有一位永遠都不會離開我的父親，那就是「天主」，我想藉這個機會，跟所有愛ㄚㄚ的人說：「無論我們是否見過面，ㄚㄚ都感到很榮幸能得到大家的愛。」我常常告訴自己，我是幸福的ㄚㄚ，無論遇到多艱難的事情，ㄚㄚ都要加油，因爲大家都很愛我。

PS

ㄚㄚ終於在今天勇敢的把思念拔拔的文章發表出來了！

生日願望

丫丫有三個願望

第一是：希望自己永遠青春美麗

第二是：希望永遠不會老

第三是：心不隨境轉（這是一句佛語：就是希望我們不要受外在的環境與評論，來使自己的心境受影響，這眞的很難，但丫丫好喜歡這句話，也期許自己能做得到）

親愛的孩子不要怕，你是最勇敢的

昨晚去教課才知道學生要開刀，他們全家氣氛很低迷。
我的學生當然也很害怕，但他爲了不讓大家擔心而故作堅強（ㄚㄚ看了好心疼）。
我問他，你會怕對不對？他點點頭，我問他去開刀看不到我了會不會想我呢？
他就很不好意思的點點頭，我說：老師也會想你，等你開刀後老師買一個蛋糕送你好嗎？
當時他的眼睛都亮了起來（我知道自己成功一半了，因爲我想幫他克服恐懼）！
我問他要什麼口味的呢？巧克力的好嗎？
結果他開心到大叫，我說這是老師跟你的約定，但你要想我才有唷！
他說：會會會～～～～～～～～
ㄚㄚ很開心學生接受了，而且也沒那麼害怕，他是個乖孩子，也是個勇敢的孩子！
願天主保佑他一切順利。
每一個學生，都是ㄚㄚ的寶貝，ㄚㄚ希望他們每個人都是健健康康的。
ㄚㄚ很珍惜每一位孩子，因爲他們總是帶給ㄚㄚ好多歡樂
ㄚㄚ想說一句：ㄚㄚ老師好愛你們！

友誼的力量

親愛的朋友們ㄚㄚ想跟大家分享幾句話唷！
要找到眞愛，你必須先找到眞友誼。
愛，不是由彼此的凝視所組成，而是兩個人一起向外，往同一個方向看。
眞正愛一個人，是愛他（她）本身，而非他（她）的長相
友誼是愛情種子的土壤。
如果你想建立愛的關係，必須先建立友誼。

PS 大家喜歡嗎？

車票

人生是一張單程的車票，
是無法預訂回程票的，
但我們可以選擇當一個好舵手，來駕馭自己的人生，
轉個念頭讓自己變得不再焦慮。
當自己遇到不順遂及障礙時，告訴自己這些都是我的資產；
當自己出現障礙時（外在或內在）告訴自己只要擺脫藉口，面對自己，
擺脫自卑，這些將都會成爲自己的資產。
當自己不滿意自己的瑕疵時，告訴自己這是我的特色；
當丫丫不開心時，我都會努力的告訴自己這些話——
勇敢的面對就會成就自己。

親愛的朋友~丫丫很珍惜你們。

我感謝你們給丫丫的讚美與鼓勵，讓我覺得好幸福，也讓我覺得自己很富有。

真心感謝大家，祝福大家聖節快樂唷！

黑暗中的星星

ㄚㄚ的父親在多年前過世，當時傷心的ㄚㄚ遇見了天主，
天主成了我心靈上永遠的父親。
ㄚㄚ養的小狗，在牠十三歲時過世，傷心的我決定不再養狗了；
但之後遇到現在的吉比狗，當時會領養是別人一直拜託我的，說愛狗的我不應該停止養狗。
那天帶吉比去洗澡，老闆娘告訴我，你把過世的小傑養回來了……
而我的眼淚也不自覺得掉了下來，
因爲現在吉比狗眞的跟我過世的小狗幾乎一模一樣！
ㄚㄚ原本很怕貓但自從看到雪莉之後就對牠念念不忘，
領養牠五個多月了，愛小女生的我雖然沒有女兒，
但雪莉就像我的女兒一樣，
我有想過，當牠們有一天離開我的時候，我該怎麼辦？我那麼愛牠們！
但ㄚㄚ仍然會繼續領養狗狗、貓貓，
因爲有太多動物需要愛了！
人生有很多的黑夜，但唯獨在黑夜裡才能看見星星。

人生的道路不會是直的

人生的道路不會是直的。
有彎路，稱爲——失敗，
有環狀道路稱爲——困惑，
有紅燈稱爲——停滯，
還會有洩氣的輪胎稱爲——困境。
當ㄚㄚ遇到困難的事情時，就會想起這些話。
前幾天跟學生討論一篇文章，
是有關於戰地裡孩童的故事，我告訴學生你有沒有覺得我們好幸福？
因爲我們有飯吃、能讀書、能學琴、更能有信仰，
還有能力愛別人、關心別人，以及還有很多愛我們的人……
所以我們要好好得珍惜身邊愛我們的人，
遇到不如意時，
想想其實我們還是幸福的，
ㄚㄚ祝福大家唷！

幸福的元素

我是幸福的，因爲我……
流過很多淚水，
流過很多汗水，
有很多傷痛。

但幸福不就是淚與水及傷痛形成的？
這些都是構成幸福的元素。
我是幸福的，因爲我經歷這些元素，
我才明白，向內求要求什麼、向內看要看什麼，
看自己！重新的看自己！

生命的每段歲月裡，都會出現不一樣的人，
當舊人離開你，傷心是必然的，
但，傷心的背後代表什麼？
其實，在傷心的當下，
背後還有更多等待你的有緣人。

愛我！但不要靠我太近
因為我是森林
這是個充滿神祕的另一個國度
就讓我沉浸在這森林的國度裡
記得不要探索我這個女人

心崩潰了

沒有自己的語言

此時我跟自己說

感激的時刻來臨了

自己就有力量

最近認識一個人，他叫奧修。
他的書籍中或許有些思想會讓很多宗教信仰的人覺得很不合理，因爲他們會認爲奧修在批評他們的宗教信仰，但奧修的思想背後又想表達什麼？
奧修希望我們學著放手，先放下自己所信仰的宗教，寧靜地看自己及自己所做的錯，更不能不敢面對眼前的問題。
我們本身就有一股力量，只是我們一直向自己的宗教求，而忽略怎麼愛自己、怎麼向自己負責。
曾經，有很多人告訴我，雖然他們做錯事了，但只要祈禱天主就會原諒我，但我很想告訴他，這只是你的自我安慰，問題依然還是存在的。
我們是否有想過要先讓自己平靜，單獨地觀照自己呢？

我的電影人生

當我在自己人生的電影裡
或許我只是一個等著導演叫我來演一個小角色的人
但我不能只有等
我跟自己說我就是導演
但我要有敏銳的一顆心及心思
當我漸漸明白己的思維時
才能感受自己的靈魂在活耀、快樂、悲傷
更能明白處處有智慧的道理
而後也才能慢慢感受到他人內心的光芒

離別曲

朋友問我
ㄚㄚ這次的音樂會有蕭邦的離別曲嗎？
我說沒有
離別可以再見時是思念
離別不能再見時是傷心
朋友我答應妳
下次的音樂會ㄚㄚ
會有離別曲

心
美麗的外表能用醫學美容來改變
但
心的美是出自內心的

慢
我在慢裡
找到快樂
我在慢裡
找到原有的熱情

一塊淨土

我的內心有一塊小淨土
當我想沉澱、訴說時
我就會回到
我心裡的那塊
小淨土

情緒

情緒有時會使人崩潰
但反過來
也可以利用情緒來作爲
自己的
另一個突破與創新
但別忘了兩個字
勇氣

原因

事情的結果不如預期時
怎麼辦？
跟自己說
那就必須讓自己
認識
原因

我

睡覺之前我總是喜歡把自己窩在棉被裡
問自己
我今天做了什麼？
說了什麼？
遇見瓶頸時，我該怎麼辦？
我說：堅持下去，讓挫折的路上開滿鮮豔的花朵
妳還有無限的能量

接受

有人願意告訴你需要修正時
是一種福氣
當自己願意接受時
是一種智慧

聽

哪種聲音最聽不到？
答案：身體的聲音
因爲身體的聲音是最深層的
試著讓身體告訴你
它想對你表達什麼
聽聽看眞正屬於自己的聲音

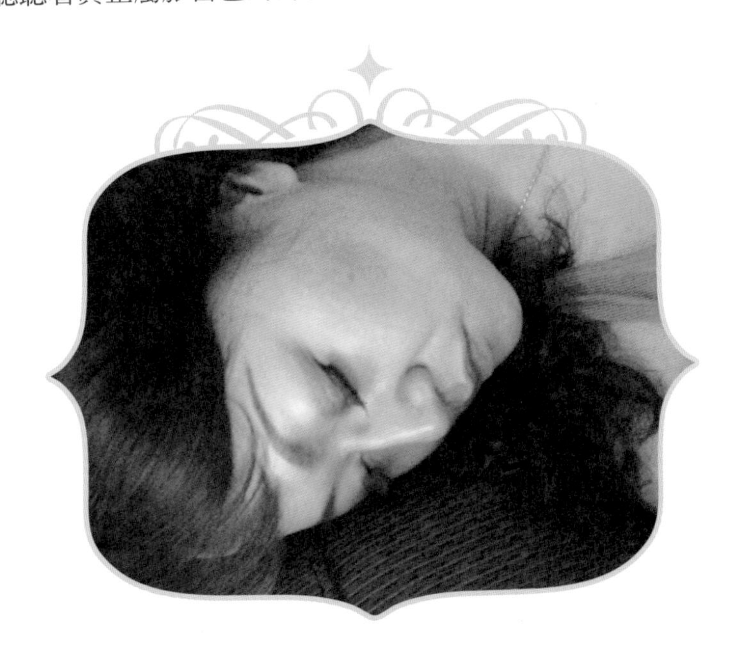

幸福

幸福在哪裡？
在那裡？
在這裡？
還是未曾出現過
其實幸福就在自己的身旁裡

小圓圈

畫一個小圓圈給自己
讓自己更明瞭
哪些是自己目前眞正要克服的
換個方式說
小圓圈＝面對現實

目標

黑暗裡的一道微光
有如自己的目標
朝它努力的奔去
忘了時間
這人生才算眞正的充實

禪

了解嗎？
或許不了解
不了解嗎？
或許了解
生活有如禪學

戀琴

手指頭在琴鍵上來回的游走
我知道琴鍵是
有生命的
感覺的
感情的
我想
我們來談場戀愛如何？
我與琴鍵
戀琴

負面

情緒是正與負的結合
我思考負面的情緒能爲我帶來什麼？
帶來更多的昇華
爲何呢？
因爲有負才有正

國家圖書館出版品預行編目資料

青春，低燃點：一個美麗大女孩的私心話／許雅萍（ㄚㄚ）著．一初版．一臺中市：白象文化，民101.11
面：　公分．——（文學寫眞；02）
ISBN 978-986-5979-85-0（平裝）
855　　　101018201

文學寫眞02

青春，低燃點：一個美麗大女孩的私心話

作　　者：許雅萍（ㄚㄚ）
校　　對：許雅萍（ㄚㄚ）、劉承薇
專案主編：劉承薇
編輯部：徐錦淳、黃麗穎、劉承薇、林榮威、吳適意
設計部：張禮南、何佳諠、賴澧淳
經銷部：林琬婷、莊博亞
業務部：張輝潭、焦正偉
發行人：張輝潭
出版發行：白象文化事業有限公司
402台中市南區美村路二段392號
出版、購書專線：（04）2265-2939
傳真：（04）2265-1171
印　　刷：基盛印刷工場
版　　次：2012年（民101）十一月初版一刷
建議售價：200元

設計編印

白象文化｜印書小舖
網　　址：www.ElephantWhite.com.tw
電　　郵：press.store@msa.hinet.net